Knaus
K

Walter Kempowski

Der arme König von Opplawur

Ein Märchen

Mit Bildern von
Renate Kempowski

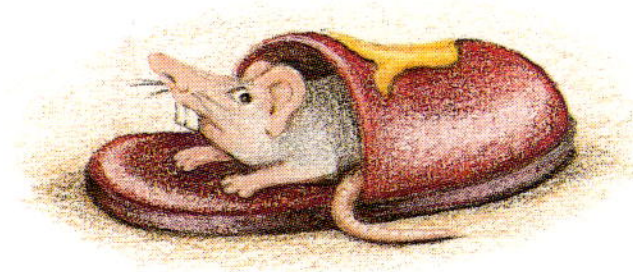

Albrecht Knaus

Für Karl Friedrich
zur Erinnerung an Jeremias Schrumpelhut
und den erhabenen Armleuchter!

Es war einmal ein armer König, der hieß mit bürgerlichem Namen Holthusen, eigentlich hieß er Wannewitz, aber das tut ja nichts zur Sache.

Dieser arme König war einstmals sehr reich gewesen, ihm hatten blühende Ländereien gehört, auf denen gelber Weizen wuchs und tiefe dunkle Wälder rauschten mit großäugigen Rehen darin, flinken Hasen, scharf gewetzten Wildschweinen und Mümme dem Einsiedler, der tagaus, tagein für die Wohlfahrt seines Herren betete. Flüsse flossen durch sein Land, deren Fische so zahlreich waren, daß sie sich Rücken an Rücken aus dem Wasser drängten!

Die schönsten Jungfrauen in den weißesten Kleidern hatten an der Straße gestanden, wenn der König von einem Schloß zum andern fuhr, sie hatten ihm lächelnd ihre Ansehnlichkeiten gezeigt und jede Menge Blumen gestreut. Männer hatten Hurra! geschrien, und im Berufsleben stehende Mütter hatten ihm ihre Schlüsselkinder entgegengehalten, damit er ihnen gütig zulächelte, was er dann auch immer tat.

Mit dem Reichtum war es aus gewesen, als Schneußel von Gnatter, sein kleiner Bruder, aus eigener Dummheit sein Erbteil verspielt hatte. Schneußel hatte ebenfalls blühende Ländereien besessen mit gelbem Weizen, tiefen Wäldern und blauen Flüssen, dazu das Schloß Willenbrook, und alles hatte dran glauben müssen; in seiner schändlichen Spielkarten-Leidenschaft hatte er alles verjuxt und verpraßt.

«Ihr Kinder, hört ihr mich? Mit dem Schwarzen Peter fängt's an!»

«Mein lieber Bruder, laß ab!» hatte der arme König ihn angefleht, aber Schneußel – im Typ ein bißchen Harald Juhnke – hatte alle Warnungen in den Wind geschlagen.

«Vielleicht geht's gut?» hatte er bei sich gedacht, und hatte den Rest seiner Habe verspielt. Die gelben Weizenfelder waren futsch, die blauen Flüsse und die tiefen Wälder; sogar seine Pantoffeln hatte man ihm von den Füßen gerissen!
Der arme König hatte alles drangewandt, um ihn zu retten, er hatte seine Weizenfelder, seine Flüsse und die tiefen Wälder verkauft, sein ganzes Hab und Gut hatte er hingegeben, um seinen kleinen Bruder zu retten, aber alles war vergeblich gewesen.
Schneußel von Gnatter war mit Tunnelchen, seiner an sich ganz netten Ehefrau, leise weinend davongeschlichen, wer weiß wohin, und seine siebenundzwanzig Kinder hatten sich in alle Welt zerstreut.
Der arme König jedoch hatte sich auf Schloß Opplawur zurückgezogen, das einzige der vielen prachtvollen Schlösser, das ihm noch geblieben war, und dort hatte er die wenigen Pfennige gezählt, die sich noch aus seinen Taschen klauben ließen.

Gelegentlich versammelten sich die weißen Jungfrauen auf den umliegenden Bergen, die dümmlichen Männer und die tüchtigen Mütter und stimmten ein Gelächter an über das Unglück des armen Königs: Wer den Schaden hat, braucht für den Spott nicht zu sorgen, pflegt man zu sagen, und das stimmt in den meisten Fällen.
Sogar die Hasen, die Rehe und die Fische tippten sich mit ihren Pfoten und Flossen oder was auch immer an die Stirn und fragten sich, ob der arme König wohl noch richtig ist im Kopf?

Selber schuld, selber schuld!
Wo ist nun dein ganzes Guld?

Wenn sie es zu toll trieben, kam Mümme der Einsiedler und jagte sie fort.

Das Schloß Opplawur, auf dem der König lebte, lag drei Meilen hinter der Tagesschau. Es hatte vier Türme, und die hießen folgendermaßen: Hungerturm, weil er so dünn war, Schlummerturm, weil darin der König schlief, dummer Turm von altersher und Wunderturm, berühmt im ganzen Lande, obwohl niemand so recht wußte warum.

Das Schloß war schon ziemlich kaputt, oben regnete es hinein, und von unten drang Wasser in den Keller. Und jeden Tag sackte es einen Millimeter ein, in den morastigen Grund, auf den es gebaut war. Die Fenster klappten auf und zu, und der Wind pfiff durch die Ritzen des Mauerwerks: Das war es, was den armen König in mancher Nacht den Schlaf kostete. Aber was sollte er machen! Er hatte kein Geld, das Schloß zu reparieren, er mußte alle fünfe gerade sein lassen, und deshalb bot es mit seinen schiefen Türmen einen lachhaften Anblick.

Wenn der arme König unter den Vorüberfahrenden irgendwelche Handwerker entdeckte, Dachdecker, Tischler oder Federfuchser, winkte er ihnen zu, sie sollten doch mal näher kommen, aber da er arm war, taten sie nichts dergleichen. Die Gewerkschaft hatte schon vor ihm gewarnt!
«Umsonst ist der Tod», sagten sie und fuhren weiter, ohne sich noch einmal umzublicken. Sie hatten die schönen Zeiten längst vergessen, die goldenen Jahre, in denen sie dem armen König gegen gutes Geld das Dach decken durften oder die Federn sauber ausfuchsen.
Ein einziges Mal drehte einer um und kam näher, das war Onkel Ratlos, ein elender Besenbinder, der hatte wohl nicht alle Tassen im Schrank.

Morgens früh saß der arme König mit Kacke dem Hündchen auf dem Sofa und aß Moosbeeren. Vor sich hatte er ein Bildnis von Schneußel, seinem Bruder, stehen, das er nicht ohne Rührung betrachten konnte. Die Moosbeeren pflückte ihm die Muhme Waterloo im Schloßpark, die bereitete sie mit Brei und Brägen. Von den Moosbeeren hatte der arme König seine roten Ohren und vom Brägen Auswüchse, die ihm wie braune haarige Affenfinger auf dem Haupte saßen. «Er wächst über sich hin-

aus!» sagten die Menschen, weil diese Auswüchse größer und größer wurden.
Wäre der König noch reich gewesen, hätte er die Affenfinger auf seinem Kopf gewiß mit kleinen Kronen besetzt, nun behalf er sich mit Mützchen, die ihm die Muhme strickte.

Kacke das Hündchen war ein friedliches Tier, es hatte die Hoffnung noch nicht aufgegeben. Morgens bekam es die Spelzen der Moosbeeren, und danach durfte es den Teller mit Brei und Brägen auslecken, wovon ihm ein rotes Schwänzchen gewachsen war und eine haarige Warze am Kinn, so von der Art, wie meine verstorbene Tante eine hatte. Mittags aß der arme König Bratkartoffeln mit Rosinen, was blieb ihm denn auch anderes übrig! – davon wuchsen ihm Haare aus der Nase, lang und länger, die er bald zu kleinen Zöpfchen würde drehen können, er wartete schon darauf – und abends ließ er sich von Muhme Waterloo Schindelkäse mit Schundelbrot auftischen: Davon kam es, daß die sonderbarsten Geräusche von ihm ausgingen, Tag und Nacht.

Beim Essen saß der arme König mit Kacke dem Hündchen am Fenster und sah hinaus, die Hände im Muff vergraben. Ihn interessierte, ob Brazillo der Adapt vielleicht des Weges käme, dieser nette Mensch, mit dem er in früheren Jahren so manchen Spaß gehabt hatte. Wenn der Adapt die Handharmonika spielte, dann hatte er seine Pfeife dazu geraucht. Oder ob wohl gar der Kehrdichannichts vorüberliefe, dieser verschissene Zeitungsschreiber.

> Das Wasser trieft aus meiner Nase,
> weil ich durch alle Welten rase!
> Der Wind fährt durch mein Hosenbein,
> Mal mach ich groß, mal mach ich klein!

Der Kehrdichannichts war dünnblütigen Zuschnitts und etwas wirr im Kopf. Nicht weiter Redens wert, aber: Als es dem armen König noch gutging, war er jeden Donnerstag erschienen und hatte notiert, wie es ihm gehe und was Kacke das Hündchen mache. Nun war davon keine Rede mehr, nun fegte er durch alle Lande und konnte sich nicht entscheiden, ob er links- oder rechtsrum laufen sollte.
Herrgott ist das Leben schön!

«Und was war mit der Königin?» fragt Lucie, die zu meinen Füßen sitzt.
Ach Kind, die Königin? Das war die einzige große Freude des armen Königs: Seine Frau, die mit bürgerlichem Namen Eva-Maria Schleifspur-Hitzig geheißen hatte, war schon vor fünfzehn Jahren an der häutigen Bräune eingegangen. Was für ein Glück! Immer wenn er ihr Bild ansah, das groß über dem Kamin hing, freute er sich und dachte: «Die hätte mir jetzt gerade noch gefehlt!»
Es war aber auch zu arg gewesen mit ihr: Perlen hatte sie verfüt-

tert an Säue und Edelsteine an die Vögel des Himmels. Noch immer flatterten dann und wann ein paar dieser nervösen Exemplare, schillernd grün, leuchtend rot und schwermütig blau ins offene Fenster des Thronsaals hinein und um das Bild der Königin herum, bis Kacke das Hündchen wuff! machte, dann stoben sie davon.

Lebenslang, lebenslang!
Ach, wie ist dem Herzen bang!

Die Schweine hingegen, im Burggraben, sangen traurige Lieder. Perlen hatten sie eigentlich gar nicht gemocht, aber die hatten immer so schön zwischen den Zähnen geknackt. Im Kamin, um auch davon zu sprechen, hingen statt diverser Würste ein paar zusammengefaltete Fledermäuse. Die sagten zueinander: Geduld, Brüder, unsere Zeit ist noch nicht gekommen! Es hatte in ihrem Leben schon einmal arg lange gedauert, weiß auch nicht mehr, warum.

Der arme König hatte eine dicke Tochter. Die hieß nicht Heide und nicht Weide und schon gar nicht Herzeleide. Man nannte sie das Prökelchen, weil sie immerfort prökelte. Sie war still und beherzt, aber sie prökelte.

Die Prinzessin sah immer ein bißchen gelb aus im Gesicht – rot hätte ihr besser gestanden! Daß sie so gelb aussah, kam von den Quitten, von denen sie sich nährte. Keine Bratkartoffeln, keine Moosbeeren und keinen Schindelkäse, immerfort Quitten: gekocht, gebacken und gebraten. Muhme Waterloo hatte einen großen Vorrat davon im Keller: runde Sonnenquitten, kleine Senfquitten und für alle Fälle ein Faß mit Quittenmus. Das Quittenmus auf Schundelbrot gestrichen schmeckte delikat. So was kennt heute keiner mehr!

Morgens früh um sieben schob der arme König in seinem Schlummerturm den Luftschieber zur Seite und rief hinüber zu seiner Tochter: «Wie geht's?»

Wenn das Prökelchen im dummen Turm ihren Vater rufen hörte, dann antwortete es: «Geht so!», und damit hatte sich das erledigt. Redselig waren weder Vater noch Tochter, nein, das kann man wirklich nicht sagen.

Wenn Muhme Waterloo das hörte, wußte sie, daß sie die Moosbeeren in heißes Wasser geben und die Quitten abfellen mußte, und Opa Pup-pup, der immer die Wege harkte und das Kleinholz für den Herd spliß, fing an zu harken oder zu spleißen, was gerade an der Reihe war. Er hatte sich in das Prökelchen verliebt, aber das war aussichtslos, weil das Prökelchen seinen eigenen

Gedanken nachhing, außerdem war Opa über achtzig Jahre alt und früher mal Mitglied der Partei! So fuhr er denn fort zu harken und zu spleißen und das zu tun, was seines Namens war.

Man soll dem Harker, der da harkt,
den Park nicht vermarkten.

Auch die bunten Vögel wachten dann auf, kamen herbeigeflogen und setzten sich auf das Bild der toten Königin, schnatzten und rüttelten ihre Federn und warteten darauf, daß Kacke das Hündchen wieder einmal wuff! machte.

Die Schweine im Burggraben widmeten sich traurig ihrem Gesang. Um diese Tiere hätte sich der Kehrdichannichts kümmern sollen, das hätte ihm zu Ruhm und Ehre gereicht!

«Und wie geht es weiter?» fragt die kleine Lucie.

Ach Kind, wie soll es weitergehn? Es war nur immerfort das gleiche Lied: Der König verbrachte seine Tage damit, von einem Zimmer in das andere zu gehen, treppauf, treppab, wobei er seine Nasenhaare zwirbelte und leise vor sich hinredete. Es waren keine Selbstgespräche, die er mit sich führte, es waren auch keine Gebete: Es handelte sich um üble Verwünschungen, Flüche also, mit denen er die Menschen, die früher einmal ihre Beine unter seinen Tisch gesetzt hatten, der Reihe nach bedachte.
Wenn der arme König zum Beispiel die langen Flure entlangging, in denen die Bilder seiner Ahnen hingen, sagte er: «Herr Doktor Knaller, Sie alter Schleimkragen, Sie soll der Teufel holen.» Und Doktor Knaller dann, irgendwo auf der weiten Welt, in Honolulu oder Ufa, spürte diese Verwünschung im Hinterteil, sprang in die Höhe und sagte zu seiner Frau: «Ach Gott, Luise, ich weiß gar nicht, was mit mir ist, ich habe plötzlich so ein Reißen?», ging hin und genehmigte sich einen.

Oder wenn der arme König im Speisesaal auf und ab schritt, tief atmend, als ob Bratenduft von ferne zu ihm dränge, in dem Prunksaal auf und ab ging, sage ich, in dem noch der Eichentisch stand, an dem zu Zeiten, in denen es aufs Kapital glatt neuneinhalb Prozent gegeben hatte, unter brennenden Kerzen einhundertzweiundzwanzig seiner Zechbrüder gesessen hatten, getrunken und gegessen und über das Essen gemeckert – da schüttelte der arme König gar die Faust und rief: «Herr Schmidt! Sie verknallter Specklatz, fahren Sie doch endlich in die Grube!» Und der dann, Schmidt, in San Francisco oder Semipalatinsk: «Hach! Mich hat's erwischt ...», springt in die Höhe und rennt doch tatsächlich zack! ans Fenster und ruft: «Schnauze!« oder

«Haut'se!» oder was weiß ich? – Statt dem armen König augenblicklich eine Ansichtskarte zu schicken und damit alles zum Guten zu wenden, steckt er den Kopf aus dem Fenster und ruft da was in die Gegend, was sich ja nun absolut nicht gehört?

Wenn der arme König in seinem Boot im Keller auf und ab ruderte, weil ihm nichts anderes übrigblieb, an den Verliesen vorüberruderte, in denen früher einmal Journalisten saßen, die den König einen Abscheißer genannt hatten, oder auch unschuldige Menschen, die vielleicht mal schief geguckt oder auf zwei Fingern gepfiffen hatten, wenn er also immer um die Ecke rundherumruderte, von hundert Wasserratten gefolgt, die ihr Freischwimmerzeugnis um den Hals trugen, ließ er die Ruder fahren, erhob sich im Schein der Kerze, schüttelte die Affenschwänzchen auf seinem Kopf und rief, beide Arme in die Höhe gereckt, mit schrecklicher Stimme: «Frau Westphal, Sie ver-ver-ver-ver-verblatterte Blechbüchse! Denken Sie etwa, ich hätte Sie vergessen? Nie und nimmermehr! – Klatterbeulen sollen Sie kriegen!» Und die arme Frau Westphal dann, eine gütige Hebamme übrigens, in Osterholz-Scharmbeck wohnend oder in Montreux-de-Poe, auf dem Fahrrad unterwegs zu einer jungen Frau, deren Stunde schon seit Stunden nahte – «hach!» –, die Frau Westphal reißt es in ihrem Elektrosattel in die Höhe, sie schmeißt das Fahrrad um und findet sich im Staub der Straße wieder. (Anthroposoph Schily von der SPD bückt sich und hilft ihr auf. Und sie dann leise: «Ach danke, mein Herr, waren Sie früher nicht mal bei den Grünen?»)

Jeden Tag war zu dieser Stunde auf der Welt ein sonderbares Hüpfen. Mal hier, mal dort trafen die Flüche des Königs ahnungslose Menschen, die es eigentlich hätten wissen müssen: Sie

sprangen von der Verwünschung getroffen in die Höhe, was immer sie auch grade taten. Wie viele Autos fuhren nicht täglich an den Baum, weil es den Fahrer unversehens traf? Wie viele Silbenstecher kriegten einen plötzlichen Tatterich? Und wer erinnert sich nicht an den liebenswerten Bundeskanzler, der, des nicht vermutend, mitten in der Etatdebatte wie Dirigent Paul Bernstein in die Höhe sprang, die Hände in die Höhe riß und rief: «Mein Gott!»
Sogar diesen Atomforscher Oppenheimer, oder wie hieß er noch, dieser Weltbeglücker, riß es eines Tages in die Höhe!
Das Fluchen war nicht fein, aber es erleichterte den armen König. Er dachte, wenn er das nicht täte, die Menschen in der Welt verfluchen, dann führen seine bösen Gedanken vielleicht in seinen eigenen Leib und richteten in den Verschlingungen des Ober- und Untergedärms Verheerungen an?

Im übrigen war er ja sonst sehr lieb. Das Prökelchen hätte er nie und nimmer verwünscht. Wenn er morgens seinen Luftschieber öffnete, dachte er eher: «Ach, wenn sich doch endlich ein Mann für sie fände…», und er stellte sich einen tatkräftigen Schwiegersohn vor, der ihm aus allem Schlamassel heraushelfen würde. Aber es kam kein Schwiegersohn. Das Prökelchen war einfach zu dick für eine Ehe, und außerdem kriegte sie ja niemanden zu sehen, weil sie immerfort in ihrem Turme saß und vor sich hinprökelte. Da war nur Opa Pup-pup, der den Garten harkte, und der zog höchstens mal die Mütze.

Man soll den Schnöseln, die da pöseln
keine Nöseln in die Ösen köseln.

Nein, das Prökelchen träumte von keinem Prinzen, sie dachte eigentlich an gar nichts, denn sie hatte es mit den Mäusen. Weiß

auch nicht, wie es damit angefangen hatte, jedenfalls saß sie des öfteren in ihrem Bett, hielt Mäuse in beiden Händen und herzte und küßte sie: graue Feldmäuse, gestreifte Zebramäuse, gepunktete aus den Karawanken und diese schrecklichen Ochsenmäuse, die sich immer so aufblasen und brummen, und hinterher sind sie schlaff wie ein schwarzes Taschentuch? Und wenn das Prökelchen das Quittenmus gegessen, brachte sie ihren grauen Freunden bei, wie man auf zwei Beinen läuft oder sich an den Händen hält und einen Reigen tanzt.
Wie oft, wie oft saß sie in ihrem Turm und sah über die Kakteen hinweg aus dem Fenster! Und die Mäuse dann, die kletterten auf ihren Kopf und bildeten dort mit ihren Schwänzen schweifend einen lebendigen Kranz von eigentümlicher Schönheit.
Die weißen Spottjungfern auf den Hügeln der Umgebung hielten dann inne und fragten sich, was das wohl für ein Kopfschmuck sei, der sich da so zierlich um das Haupt des Prökelchens herumkränzelte. «Hat sie den aus Hildesheim?» fragten sie und kratzten sich am Mieder und wurden nicht recht klug aus der Sache.
Ach, was war es für ein Jammer, als die beiden gräflichen Mäusezwillinge Graf Flic und Flac von Käsepack zu Tode kamen! Das Prökelchen, das doch sonst immer so vorsichtig war, hatte sich zur Unzeit gesetzt, und zwar auf beide Zwillinge zur gleichen Zeit! Mit jeder Pobacke auf eines dieser zierlichen Tiere!

Quutsch! hatte es gemacht, und die Seelen der beiden Zwillinge waren aus den kleinen Leibern ausgefahren und hatten sich einem der davonschießenden Flüche des Königs zugesellt, der gerade ans Ochotzkische Meer eilte, um dort dem sonderbaren Gesellschaftswissenschaftler Prof. Dr. Macke Bratzkopf ins Hühnerauge zu fahren. Wie zwei Zigarrenrauchringe hatten

sich die Mäuseseelen um das Haupt des Salmonellenpreisträgers gelegt und waren dort verblieben.
«Steht ihm eigentlich ganz gut», sagten die Leute vom Ochotzkischen Meer, und schon bald nahten Fotografen. Die das zur neuesten Mode kürten.

Die gepreßten Leiber der Mäusezwillinge hingegen, die sterblichen Hüllen also, hatte das Prökelchen noch ein bißchen döller gepreßt und dann wie rosa Silhouetten in zwei Bilderrahmen geklebt und aufgehängt, eine links, die andere rechts. Und dann hatte das Prökelchen einen ganzen Monat lang wie wild geprökelt, und dann war alles wieder gut gewesen.

Indessen war Schneußel von Gnatter – im Typ Harald Juhnke – nicht untätig geblieben. Mit dem flotten Leben war es zwar vorbei, und zunächst hatte er tatsächlich betteln gehen müssen, so etwa sechs, sieben Jahre lang, man sah ihn in der Fußgängerzone von Markleeberg zum Beispiel sitzen, und hörte ihn auf der Mundharmonika ganze Symphonien blasen. Wimme, ein alter abgeschabter Hund saß neben ihm, und eine Flasche Knall-Wermut war stets zur Hand.

In der Tasche hatte er ein altes abgegriffenes Foto seines königlichen Bruders, das zog er manchmal heraus und betrachtete es seufzend, und manchmal rann dann eine Träne über seine linke Wange. Er war traurig geworden, aber er war nicht zugrunde gegangen, schon wegen seines meisterlichen Mundharmonikaspieles nicht: Die Leute hatten Erbarmen mit ihm gehabt, wer hört und sieht denn nicht gern einen Mann aus blaublütigem Geschlecht Mundharmonika blasen? Und so gut!? Einen Mann, der ab und zu ein Foto aus der Tasche zieht und darüber weint? Das Tunnelchen, seine an sich ganz nette Frau, die stets an der Ecke stand und ihm das erbettelte Geld abnahm, tat ein übriges dazu.

Nach den ersten Schreckensjahren war er umtriebig gewesen, hatte eine Mark nach der andern auf die hohe Kante gelegt – für acht Komma sieben Prozent bei der norddeutschen Kommunalbank – und hatte, als das Geld endlich reichte, das kleinste Grundstück seines verschleuderten Erbes zurückgekauft, das allerkleinste zunächst, an der Röperbahn gelegen, wo die Leute immer die Flaschen aus dem Zug schmeißen, kaum größer als ein Maulwurfshaufen war es, aber immerhin!, dann das nächste beste, nun schon so groß wie eine Murmelbahn, und schließlich das Kosehöft, am Tennisplatz gelegen, wo die kleinen Mädchen

es wie Steffi Graf zu tun versuchen, eine Imbißstube ist doch schnell zusammengezimmert, und Currywurst mit Orangenmarmelade kauft doch ein jeder gern, wenn sie einem aus edelgeschlechtlicher Hand gereicht wird? Durchlaucht wollen bitte so freundlich sein? Allerergebenster Diener? Und als Schneußel dann noch in die SPD eintrat, da war der Fall geritzt.

Tunnelchen war unterdes als Quotentante in die Politik gegangen, wo sie ein Gesetz nach dem anderen einbrachte, im Hinblick auf Stadtstreicher und kleine Grundbesitzer und so weiter und so weiter. Was er nicht hinkriegte, schaffte sie.

Man soll die Dicken, die sich bücken
trotz ihrer Nücken nicht zum Teufel schicken …

Nach und nach hatte Schneußel seine gelben Weizenfelder, die blauen Flüsse und schließlich auch die tiefen Wälder zurückerwerben können, was der Kehrdichannichts sogar im Tiefenburger Generalanzeiger untergebracht hatte, unter der Rubrik: Vermischtes. Das Fernsehen kam und brachte einen ausführlichen Bericht in Schweinehackers Morgenmagazin.

Als sich sein fünfundsechzigster Geburtstag näherte, gelang es Schneußel von Gnatter schließlich, Schloß Willenbrook von der Treuhandstelle Ost zurückzukaufen, wobei es, wie im Generalanzeiger denn auch prompt zu lesen stand, nicht mit rechten Dingen zugegangen sein soll, jenes Schloß, in dem er schon früh das Kartenspielen gelernt hatte und das Singen von wüsten Liedern. Wie oft hatten Vater und Mutter nicht gesagt: Mein Junge, laß das! Spiel lieber etwas auf der Mundharmonika...

Als es dann soweit war, sammelte das Ehepaar Gnatter seine siebenundzwanzig Kinder ein, und das war gar nicht so einfach, schließlich waren sie ja in alle Winde zerstreut: in Gera, in Timbuktu und Wahlwies. Einer wohnte sogar in Biestow. Im bürgerlichen Sinne waren sie übrigens alle was geworden, Bootslackierer, Knalltütenscharmör, Steuerberater, Bundeswehrkapellendirigent (Kieler Woche und so weiter), Kardinalin, Lachsackfabrikant, Sichtpappelkiller, Hundekuchenkonditor, Abwicklerin, Ohrfeiger und der Rest Kauffrau ... volle einundachtzig Tage dauerte es, bis alle Kinder und Kindeskinder eingesammelt worden waren und der Bus endlich losfahren konnte in Richtung Willenbrook.

«Was willst du denn schon wieder, Lucie? Nun hör doch erst mal zu, wie es weitergeht!»

Schneußel von Gnatter und seine an sich ganz nette Frau zogen zu seinem fünfundsechzigsten Geburtstag, von Kind und Kindeskind begleitet, in das festlich geschmückte Schloß ein. Zuvor hatte allerdings noch die Managerschule geschlossen werden müssen, die sich darin niedergelassen hatte, dann tüchtig mit Seife und Wasser gescheuert alles, die Alabasterstufen des Treppenhauses, die Abtritte und Fußböden, dann die sechsundsechzig Zimmer tapeziert, wolkenrosa, neidgelb, faltenlila, sackbraun und melonengrün, die Wappenkronen über den Türen vergoldet. Dann die Fahnen aufgezogen, Tische aufgestellt und Delikatessen-Käferle antelefoniert, wegen des Kaviars und dem ganzen Sekt, was sage ich – Champagner! Nachdem Wimme der

Hund nach Köterart in jeder Ecke das Bein gehoben und folglich alles eingeweiht, trat er auf den frisch gescheuerten Balkon und zog ein langes Geheule ab, es galt Kacke, dem fernen Freund.
Auch die anderen Gnatters stellten sich auf den großen Balkon und sahen hinüber nach Opplawur, wo der liebe arme Königsbruder wohnte, der, wie ich schon sagte, mit bürgerlichem Namen Holthusen hieß oder Wannewitz, das ist ja jetzt egal, jener Mann also, der vergeblich sein Hab und Gut drangewandt hatte, den kleinen Bruder zu retten, und nun im Elend saß! Jeden Tag einen Zentimeter tiefer!

Aber so sehr die Gnatters auch Ausschau hielten mit Monokeln, Fernbrillen und Operngukkern aller Kaliber, Opplawur kam nicht in Sicht, Opplawur war futsch! Es waren nur noch die Spitzen der vier Türme zu sehen, der Rest war gluck-gluck-gluck im Morast versackt, von Wasser umspült; jeden Tag war das Schloß ein Stück tiefer abgesackt, jetzt hielt nur noch ein alter Kahn die Verbindung zur Außenwelt aufrecht. «Herrgott, da wären wir also tatsächlich zu spät gekommen?» rief Schneußel von Gnatter, und das Tunnelchen sah schuldbewußt zu Boden: Als Quotenfrau des Landesparlaments hatte sie zwar mit Immobilien nichts zu tun gehabt, aber vielleicht hätte sich über das Denkmalschutzamt eben doch das eine oder andere noch drehen lassen? Nicht mal an das Seniorenbeköstigungswerk «Hilfe auf Rädern» hatte man den König und seine Tochter angeschlossen! Das kam jetzt raus!

Schleunigst stieg Schneußels ältester Sohn, Ratter von Gnatter, in sein Klasse-Auto und fuhr hinüber nach Opplawur. Er sah zunächst nichts, doch dann traf er Opa Pup-pup, der ihm alles

haarklein erzählte und ihn mit dem alten Kahn hinüberfuhr zum Schloß.
Der arme König, oben in seinem Turm, war gerade mal wieder mit dem Fluchen beschäftigt, er hatte einen Landwirtschaftsrat auf dem Kieker, wohnhaft in West-Rhauderfehn (Ausbau). Dem wollte er grade einen seiner kräftigsten Flüche in den Hintern jagen, doch noch ehe er den Fluch loswerden konnte, jenen Fluch, der diesen Manne im Sessel hätte auffahren lassen, trat sein Neffe Ratter von Gnatter vor ihn hin und sagte: «Großer Onkel – es hat ein Ende! Pack deine Moosbeeren ein, dein Schundelbrot und all den Brei und Brägen, es verhält sich so und

so: Das Leiden hat ausgelitten! Die Freuden kommen angeglitten!»

Keine Minute später hätte Ratter von Gnatter nach Opplawur kommen dürfen, die allgemeine Versackung des Schlosses näherte sich bereits ihrem glucksenden Ende. Die Fledermäuse hatten sich schon entfaltet – «Brüder, es wird Zeit!» – Muhme Waterloo hatte die Röcke gerafft, und das Prökelchen hängte soeben der letzten Maus einen winzigen Rettungsring um den Hals ... Der arme König wurde in das Klasse-Auto geladen, das Prökelchen mit ihrer Lieblingsmaus und Muhme Waterloo desgleichen.

Opa Pup-pup ließ man im Fahrrad hinterherfahren, das war vielleicht besser so.

Kacke das Hündchen kam erst Stunden später angehechelt, an das hatte keiner mehr gedacht.

Dann wurde in Willenbrook das Wiedersehen gefeiert plus fünfundsechzigsten Geburtstag, die Brüder lagen sich in den Armen, Raketen zischten in den Himmel, eine Blaskapelle blies, und in der Küche prasselten die Bratenfeuer. Delikatessen-Käferle hatte sich weiß Gott viel Mühe gegeben. Löwenzahneier an Hutkrempenleder gab es zu essen, Wachtelbrust mit Wichtelbart, Hasen-Plüschohr, Sauerwirsing in Kölsch – ach, und die Puddings alle, Herz- und Nieren-Puddings waren das, Regenbogeneis und Schnatermann, keine Ahnung, was das ist.

Du sollst den Laffen, die da gaffen,
keine Affen auf die Maffe paffen!
Sondern allen Gnitzen, die auf Glatzen sitzen,
mit der Pfütze auf die Mütze spritzen.
Das tut nützen!

Als der Morgen graute, trat der arme König Holthusen mit dem Prökelchen, der zur Obermuhme beförderten Muhme Waterloo, den rammelnden Hunden und Opa Pup-pup vor das dreifache Panoramafenster. Von dort sahen sie sich die Felder, Flüsse und Wälder an, die ihm nun bald zurückerstattet werden würden – die Treuhand hatte schon telefoniert –, und da fiel es dem armen König ein, einen stillen, aber eindringlichen Fluch auf sein altes, aus dem letzten Loch pfeifendes Schloß abzuschießen und, o Kinder! Lucie, hörst du mich? Ewald? Jakob und Denise? Seid ihr noch bei der Sache? Oder schlaft ihr schon? – Und, o Kinder, was soll ich euch sagen, dem Schloß gab es einen Ruck in den Allerwertesten, und es fuhr, von dem Fluch des Königs getroffen, einen Millimeter aus dem alles verschlingenden Modder auf.

Als der arme König einen zweiten Fluch auf das Schloß losließ, trat Schneußel von Gnatter mit Tunnelchen, seiner an sich ganz netten Frau, herzu, und all die lieben Kinder, eines nach dem anderen, und der zweite Fluch hatte denselben Erfolg wie der erste, dem alten Gemäuer gab es einen weiteren Ruck von unten. «Das ist ja unglaublich!» riefen sie und schauten sich um, ob das auch alle mitgekriegt hätten.

Als der König seinen dritten Fluch abschoß, hörten die Hunde auf zu rammeln, und Opa Pup-pup ließ einen fahren, und alle hatten das Maul offen, Eberhard, der General, Hugo, der Bootslackierer, Keilchen mit den schönen Glotzaugen, die Kauffrau aus Langensendelbach – alle siebenundzwanzig Kinder sahen staunend zu, außer dem krausen Traudelchen, das wegen Liebeskummer stark seufzen mußte, alle standen sie offenen Mundes da und sahen das Schloß sich unter den Flüchen des armen Königs knirschend erheben. Sie packten den König, dem sich die Affenfinger auf dem Haupte aufrichteten, links und rechts, damit ihn die Kräfte nicht verließen, wenn er da schluckauf-fluchend sein Äußerstes, ja, sein Letztes gab.

Nach genau einer Stunde und vierzig Minuten stand es wieder da, das Schloß Opplawur, ich will nicht sagen: in alter Schönheit, ein wenig ramponiert war es schon, aber es stand. Als die Schmutzwasser aus den Türen und Fenstern abgeflossen waren und die Ratten wieder Besitz genommen hatten von den Kellern, kam Mümme der Einsiedler aus seinem Wald hervorgeschlurft und segnete das Ganze von Herzen. Und da war es so, als ob die Sonne wieder freundlicher schien auf die Felder und Wälder und all das. Die weißen Jungfrauen wurden von einem Fischerchor verstärkt, sie wurden von den bunten Vögeln der Königin jubelnd umflogen und von den Perlschweinen aus Do-

naueschingen begrunzt. Schneußel holte seine alte Mundharmonika hervor. Er wischte sich die Tränen aus den Augen und blies mit Oktav- und Baßverstärker das alte schöne Lied, das alle Menschen kennen, das Lied von der Bruderliebe, das, wie ihr wißt, nicht von Pappe ist. Dem Kehrdichannichts wurde verziehen: Mit der Presse legt man sich lieber nicht an. Der machte natürlich in Farbe auf, was ihm hoch angerechnet wurde.
Alle waren froh und freuten sich, nur Hugo, der Bootslackierer nicht, der hatte seine Videokamera vergessen, die lag zu Haus auf dem Sofa.

Die Handwerker des ganzen Landes wurden auf einmal sehr freundlich, sie durften das Schloß Opplawur renovieren und taten es für einen Pappenstiel. Als alles fertig war, wurde auch der große Eichentisch wieder mit Speisen aller Art vollgestellt – Brei und Brägen ade –, und die einhundertachtzig Spießgesellen kamen angebiestert und streckten ihre Füße unter diesen Tisch und aßen und tranken nach Herzenslust. Manch einer tastete verstohlen nach seinem Hinterteil, den mochten in all den Jahren allzuviele Verwünschungen des Königs getroffen haben …

Dann gab der nun gar nicht mehr arme König sich selbst mit seinen Verwünschungskünsten zur Besichtigung frei, saß hinter Panzerglas und fluchte gegen einen Obolus auf alles, was grade mal eben anstand. Thomas Gottschalk war der erste, dem es gelang, ihn in seine Show zu holen, dann Bio Goldlack und schließlich sogar dem Troschkönig Dallas. Der alte Herr und das Prökelchen mit ihren Tanz-Mäusen wurden zur Attraktion der ganzen Gegend. Sie lebten vergnügt dahin und erreichten einen hohen Adler.

Was meint ihr, Kinder, was Hans-Joachim Grass wohl zu diesem Märchen sagen wird?
Flüstert Lucie: «Der tut doch keine Märchen lesen ...»

Schluß

Na, Lucie, was willst du denn nun noch? Du möchtest wohl wissen, was aus dem Prökelchen geworden ist, gell?
Na, dann setzt euch man alle wieder hin, ihr Kinder.

Also: Als es dem armen König nun wieder besser ging, blühte das Prökelchen auf wie eine Tralltype. Sie lernte Blockflöte spielen, nahm die Kaktusse weg von ihrem Fenstersims und stellte Geranien dafür hin. Oft schaute sie hinaus in die Ferne, die Nase tief in die Geranien gesteckt und erzählte ihren Mäusefreunden – so ähnlich wie ich jetzt euch, liebe Kinder – wie schön es in der Welt ist. Und, bei Gott, es ist schön in der Welt, wenn einem nicht gerade einer von der PDS über den Weg läuft, schaut euch doch nur mal um! Im Fernsehn bringen sie's doch jeden Tag! Wolf Feller und Carolin Reiber mit ihrem bayerischen «r» auf der Zunge! Das Elbsandsteingebirge zum Beispiel, das ist doch traumhaft, oder Göttingen, wo der liebe Guntram Vesper wohnt…

Man soll dem Gatten nicht mit Latten
auf die Patten klatten

Zu dieser Zeit verirrte sich Helmut Ochsenreitter aus Kulmbach – so eine Art Heino, aber ohne Sonnenbrille – in diese Gegend, jung und schön (eben Heino), mit Aktenkoffer in der Hand, ein Mann, der das Gras wachsen hörte. Er war noch nicht vor Anker gegangen, war also noch «Junggeselle», wie man es nennt. Und als er das Prökelchen sah, des Prökelchens ansichtig wurde, muß man es wohl besser ausdrücken, entzündete sich seine Liebe wie ein glühender Spargel. Er stellte seinen Aktenkoffer an den Zaun, öffnete eine Bierdose und fragte Opa Pup-pup, was das denn für eine sei, da oben, die da so hübsch über die Geranien hinwegguckt? Ist das gar die Eigentümerin dieses respektablen Schlosses? Oder die Erbin des Anwesens, oder wie oder was? Er will gern was springen lassen, wenn er ihm das mal eben schnell verauskunftet. Es wurden ihm mürrisch Erklärungen zuteil von dem Opa, worauf Ochsenreitter stracks vorstellig wurde bei dem alten König, der eigentlich seine Ruhe haben wollte. Kacke das Hündchen guckte den flotten Gast argwöhnisch an, bleckte gar das Gebiß, aber Helmut Ochsenreitter, BMW-Fahrer von hohen Graden, ließ sich nicht irritieren. Er zeigte dem König seine zweiunddreißig Scheckkarten und holte die Okarina aus dem Aktenkoffer (Sicherheitsnummer 4711), wischte sie ab und blies einen derartig lieblichen Hit, daß es dem König warm ums Herz wurde.

«Und was geschah dann?»

Ja, Lucie, das war folgendermaßen: Der König rief seine Tochter herbei, Ochsenreitter holte einen aufblasbaren Blumenstrauß aus dem Koffer, verbeugte sich, überreichte ihr den Strauß und schenkte ihr zusätzlich noch einen Korb voll seltener Quaddel-Quitten in Resedakraut (er konnte ihn von der Steuer absetzen), in dem sieben zierliche rosa Mäuse umherkrabbelten, und dann gingen die beiden Weltkinder Hand in Hand in den Erlenwald und wurden ziemlich schnell eins miteinander. Es gab eine Riesenhochzeit mit allen Schikanen und im alten Stil, mit Feuerwerk und Blasmusik; die siebenundzwanzig Kinder von Schneußel kamen alle wieder angereist, mit Anhang, und auch der Kehrdichannichts wurde wieder eingeladen, der natürlich alles durcheinanderbrachte. Was von dieser Hochzeit an Unfug in der Zeitung stand, Kinder, das könnt ihr

euch überhaupt nicht vorstellen. Nennt der Kerl doch den Bräutigam «Ochsenreutter». Also, das war so ziemlich der Gipfel! Es stimmte so gut wie nichts in dem Artikel. Wie sagte meine Oma immer?

Läs nich in die Zeitung, Jong
iß dich lieber ein Bonbong.

Mir fällt noch ein kleiner Vers ein, den könnt ihr ja mal auswendig lernen, wie überhaupt alles, was ich euch eben erzählt habe, und überall rumerzählen, aber nichts dazuerfinden, sonst trifft euch des Königs Fluch, und das ist alles andere als angenehm.
Ihr könnt ja auch das Buch kaufen, das gibt's bei Knaus um die Ecke, und euern Eltern daraus vorlesen. Das ist im Grunde ja viel einfacher. Also, hier ist der Vers:

Ein Sarg ist karg,
doch Himmelswonnen
quellen aus dem Ehebronnen.

Das war's Kinder! Nun lauft über alle Berge! Singt und springt! Hüpft und tiriliert! Aber nicht zu doll! Und, was ich noch sagen wollte: Nicht vergessen: das nächste Mal fünfzig Pfennig mitbringen.

«Lucie, was willst du denn noch? Reich mir mal meine Pfeife!»

Vollständige Namensliste
für Subskribenten zur gefälligen Irritation

König Irrpack von Holthusen und Wannewitz zu und in Opplawur und seine Gattin Eva-Maria von Holthusen und Wannewitz zu und in Opplawur, geborene Schleifspur-Hitzig, zu Lebzeiten eine ziemliche Nervensäge, nun gottlob verewigt

Das Prökelchen, die Königstochter, eigentlich Liesbeth Proste-Wahutze gen. Holthusen-Wannewitz zu und in Opplawur (115 kg) mit Ehemann Helmut Ochsenreitter aus Kulmbach, bisher kinderlos

Prinz Schneußel von Gnatter zu und in Willenbrook/Fuddel, ein Exzerpist von hohen Graden, im Grunde genommen bekloppt, seine Gattin, genannt das Tunnelchen, eigentlich: Renate von Gnatter-Filou, geb. Dach, ein ganz liebes Häschen und deren siebenundzwanzig Kinder, alle kerngesund; das sind:

Ratter von Gnatter, Immobilienhändler in Pittsburgh

Gnatter von Gnatter, in der Flensburger Verkehrssünderkartei gelöscht, im Lebensbund mit Friederike, geb. Hartleib-Windpock, Inhaber eines rustikalen Speiselokals, in dem es Jägerschnitzel, Hawaiitoast und dieses chinesische Zeugs, na, ihr wißt schon, zu essen gibt, Wuppertal. Im Klo sind Kotzbecken angebracht.

Tatter von Gnatter und Karla, geb. Schmöck, in Thale hängengeblieben, hat was mit der Wiedervereinigung zu tun.

Geblatter von Gnatter, verheiratet mit Koihato, geb. Manura (aus sehr prinzipiellen Gründen enterbt!)

Flatter von Gnatter und Gattin Inönü Nüniczük (ebenfalls enterbt!)

Vatter von Gnatter mit Krakowia, geb. Schnackonowski (enterbt, auch das Pflichtteil wurde gestrichen, doch keine Bange! Prozesse laufen längst)

Geknatter von Gnatter und Gemahlin Lieshilde, geb. Mildmies, großes Quatschmaul

Prof. Dr. Dr. Natter von Gnatter, hat sich in die Nesseln gesetzt mit irgend so einem Scheißbuch über den «Sozialismus neuerer Prägung», und seine Gattin Manuela, geb. Knocksboxel, Leiterin einer Rupfpuppengruppe der Volkshochschule in Velbern

Pitt Packel von Dickdackel/Dockel und seine Frau Eva von Gnatter-Zeuch, ehemals Chefrennfahrerin bei Borgwardt, leicht entstellt durch Nasenbeinbruch; von der Seite geht's

Sarafan Sackpack, verheiratet mit Irene, geb. von Gnatter, in Milton (Long Island) mit Entol, Flaggel, Fussel und Vigoline

Siegfried Quatschhaupt-Dessen und Frau Aline von Gnatter mit Hagen, Gunther, Mime und Kriemhild

Höröti-Hallo, mit Herbert und Hilde Sacknaht-Gnatter

Sowie Lili, Dalli, Knallo, Phallo und Mallo in Rapallo.

9 Kauffrauen mit Brille am Schnürderl und 1 Bibliotheksamtsfrau (Heulsuse erster Güte)

Mümme der Einsiedler, einundneunzig Jahre alt, Rußlandveteran, Träger des Ritterkreuzes zum Eisernen Kreuz mit Eichenlaub, Schwertern und Brillanten, Ehrenmedaille der Aufhupfer und Pestläufer

Der Kehrdichannichts, eigentlich Lüng-Pieter Baumann, Publizist, ein an sich ganz netter Mensch, wie alle Publizisten, außer diesem einen da, wie heißt er noch? Ein exzessiver Ostermarschierer und Lichterkettenmensch, immer vorneweg

Muhme Waterloo, eigentlich Grethe Püßbüttel (schmeißt gern den Klodeckel und zieht ständig alle Stecker raus)

Opa Pup-pup, eigentlich Wolfgang Gluppe, 87 Jahre, Landwirt aus dem Glatzer Bergland (guck im Atlas nach, du Rindvieh!)

Prof. Dr. Macke Bratzkopf, Ochotzkisches Meer, eine verirrte Existenz, völlig irritiert und absolut groggy

Frau Christa Westphal, eine Wehemutter

Herr Schmidt, ein verkleckerter Specklatz, ein bißchen meschugge, aber sonst ganz brav

Dr. Knaller, lebt in Ufa (Atlas!)

Onkel Ratlos, ein Besenbinder mit anachronistischen Neigungen

Brazillo der Adapt, hat niemals Glück gehabt, und nichts hat je geklappt. Und immer Steuern berappt!

Kacke das Hündchen und Wimme, ein hüstelnder Afghanenmischling

Flic und Flac von Käsepack, zwei elegante Mäuse, sowie Unmengen namenloser Mäuse, meist proletarischer Abstammung, ferner Ratten, Vögel und Fledermäuse und natürlich Säue

Ach ja, die Handwerker hab ich noch vergessen, aber die brauche ich hier nicht aufzuführen, die kommen ja doch nicht.

Erläuterungen

Seite 13	*Haare aus der Nase:* Jaja! Gottfried Keller, ich weiß.
Seite 14	*häutigen Bräune:* siehe irgendwo bei Mark Twain
Seite 15	*Säue:* siehe Matth. 7,6
Seite 15	*zusammengefaltete Fledermäuse:* Ist das nicht von Rolf Dieter Brinkmann?
Seite 36	*einen hohen Adler:* Muß natürlich heißen: ein hohes Alter

Im übrigen, kennt ihr das Märchen: «Karl Mays wunderbare Himmelfahrt»? Es stammt von Wilhelm Mathießen und ist bei Erich Matthes in Leipzig und Hartenstein im Erzgebirge 1921 erschienen, doch das nur nebenbei.

Umwelthinweis:
Dieses Buch und der Umschlag wurden auf chlorfrei gebleichtem Papier gedruckt. Die Einschrumpffolie (zum Schutz vor Verschmutzung) ist aus umweltschonender und recyclingfähiger PE-Folie.

Der Albrecht Knaus Verlag
ist ein Unternehmen der Verlagsgruppe Bertelsmann

1. Auflage

Gesetzt aus 14/18 Punkt Adobe Garamond
Satz: Filmsatz Schröter GmbH, München
Umschlaggestaltung: Klaus Renner unter Verwendung
einer Illustration von Renate Kempowski
Lithos: Lorenz & Zeller, Inning a. A.
Druck: J. P. Himmer, Augsburg
Printed in Germany · ISBN 3-8135-1989-9